L'ENVIE
CONFONDUE.
POËME.

L'ENVIE CONFONDUË,

POËME.

PRÉSENTÉ A MADAME

LA DAUPHINE,

SUR LA NAISSANCE

DE MONSEIGNEUR

LE COMTE DE PROVENCE.

Le prix est de 12 sols.

A PARIS,

Chez DUCHESNE, Libraire, rue S. Jacques,
au-dessous de la Fontaine S. Benoît,
au Temple du Goût.

M. DCC. LVI.

Avec Approbation & Permission.

L'ENVIE
CONFONDUË.
POËME.

PRÉSENTÉ A MADAME

LA DAUPHINE,

SUR LA NAISSANCE

DE MONSEIGNEUR

LE COMTE DE PROVENCE.

É JA du Fils des Rois l'orgueilleuse
Provence
Par mille cris joyeux célébre la nais-
sance !
Partout des feux sans nombre, élancés vers le Ciel,
Annoncent avec pompe un jour si solemnel.

A ce Prince déja les Dieux & la Victoire
Ont affuré cent ans de vertus & de gloire,
L'Envie à cet afpect baiffant fes yeux jaloux,
Exhale dans ces mots fon impuiffant courroux.
Ciel ! que vois-je & qu'entends-je ? un B O U R B O N
      vient de naître ,
Ta joye & tes bienfaits me le font trop connoître :
J'en crois mon défefpoir encor plus que tes dons :
Du fang de mes Vainqueurs déja trois Rejettons ! . .
A quels nouveaux revers fuis-je donc réfervée ?
D'amertume & de fiel tous les jours abbreuvée ,
Faut-il m'enfevelir dans l'infernale nuit ?
Quoi ! contre les BOURBONS j'aurai fans aucun fruit
Soulevé l'Ibérie , & Mayenne & la Ligue,
En vain de crime en crime,& d'intrigue en intrigue,
Marchant à la lueur d'un funébre flambeau,
Je les aurai conduits aux portes du tombeau !
Un feul brava d'Efpagne , & la Ligue & Mayenne ;
Un feul fit avorter leur fureur & la mienne.
Quel fut mon défefpoir,quand malgré mes complots
Je vis fur les François régner un tel Héros,
Et fes Sujets heureux fous un régne fi fage ,
De leurs Ayeux en paix cultiver l'héritage !
Un monftre armé par moi fit ceffer mes douleurs ,
Mes yeux de tout Paris virent couler les pleurs.
Mais que ce vain plaifir fut de courte durée !

Un digne Rejetton d'une tige adorée,
De la Maison d'Autriche anéantit l'orgueil,
Changea ma joye en pleurs & mon triomphe en
　　　deuil.
Du moins je me flattois au fein de ma difgrace,
Qu'avec lui finiroient mes tourmens & fa race,
De ce Tronc glorieux aucune Branche encor,
Ne promettoit les jours d'un nouveau Siècle d'Or.
L'efpoir m'étoit permis, il foulageoit mes peines,
Ciel vangeur ! tu rendis mes efpérances vaines.
Je vois, je vois encor les Efpagnols épars,
Dans les mains du Vainqueur laiffer leurs étendarts,
Fuir, & de tous côtés cherchans de fûrs aziles,
Mettre entr'eux & L o u i s, les remparts de leurs
　　　Villes :
L'Aigle fut terraffé, le Belge confondu ;
Et par mille revers le Batave abbattu ;
Cachant fon défefpoir dans fes grottes profondes,
Le Rhin même au Vainqueur foumit fes fiéres ondes.
Le perfide Océan du plus puiffant des Rois,
Refpecta conftamment les fouveraines loix :
Le Ciel en fa faveur opéra des miracles ;
Des Sciences on vit naître alors les Oracles,
Ces Amateurs du goût par eux reffufcité,
Qui rendirent aux Arts leur premiere beauté.
Ce Prince des François l'exemple & la lumiére

De l'Immortalité leur ouvroit la carriére.

Tous les siens comme lui, par des faits éclatants,

Rendoient leurs noms vainqueurs de la Parque &
    du tems.

L o u i s les conduisant au Temple de Mémoire,

Sembloit sur eux répandre un rayon de sa gloire.

Ciel ! que faisois-je alors ? Les yeux baignés de
    pleurs,

Dévorant en secret mes cuisantes douleurs,

Soumise à ce Monarque, infidéle à ma haine,

Je portai quelque tems une honteuse chaîne,

Mon désespoir enfin me fit rompre mes fers,

Contre ce Prince heureux j'armai tout l'Univers.

Mais, ô comble des maux ! ô surprenant désastre !

Dans l'Europe à mes yeux s'éleve un nouvel Astre,

Je vois d'autres Héros issus du même sang,

Dignes de leurs Ayeux & du suprême rang,

L'espérance, la gloire & l'amour de la France.

Quoi, dis-je, les B o u r b o n s même dès leur en-
    fance.

De ces Rois si fameux sous mes coups abbattus,

Font en dépit de moi revivre les vertus ?

Si d'un cédre naissant la débile racine

A souvent démenti son illustre origine,

Pourquoi les Souverains de l'Empire des Lys,

A la commune loi ne font-ils point soumis ?

Du Fils chez eux toujours le Pere eſt le modéle,
Et du Pere le Fils eſt l'image fidéle.
Tel caſſé de vieilleſſe & conſumé d'ennui,
Le Phénix reproduit un fils ſemblable à lui.
Enfin aſſouviſſant ma fureur meurtriére,
De ces Soleils naiſſans j'éclipſai la lumiére.
Qu'il m'en coute aujourd'hui! les maux que j'ai ſouf-
    ferts,
Ma rage, ma douleur, mon déſeſpoir, mes fers,
N'ont rien d'égal aux traits qui déchirent mon
    ame.
Je m'arme vainement d'une livide flamme,
Juſqu'au fond de mon antre à mes yeux éblouis
S'offrent à chaque inſtant les vertus de LOUIS.
Pour confondre ma haine & punir mon audace,
Le Ciel a fait revivre en lui toute ſa race.
Regardez de quel front animant ſes guerriers,
A cueillir avec lui des moiſſons de lauriers,
Il ſçait braver la mort à ſes regards offerte.
L'airain brille déja, la campagne eſt ouverte,
De ſerpens entourée, une torche à la main,
Je conduits aux combats l'Anglois & le Germain.
Inutiles efforts! Si je livre bataille,
C'eſt pour mon ennemi que ma fureur travaille,
Et ſi quelques remparts ſont par moi défendus,
Je lui prépare, hélas! un triomphe de plus.

Je vois encor ces lieux, monumens de sa gloire,
Dont les noms à jamais consacrés dans l'histoire
Apprendront quelque jour à la Postérité,
Que même jusqu'à moi LOUIS a tout dompté;
Tournai, Menin, Maſtricht, Furnes, Ypres, Bruxelle,
Objets infortunés de ma douleur cruelle,
Où ſont donc ces remparts, l'aſyle des vaincus?
LOUIS vient & les voit, ils ne ſont déja plus.
Dans quel lieu dreſſe-t-on ces ſuperbes trophées?
Qui ranime les ſons des neuf ſçavantes Fées?
Laufelt, tu dois au nom de ce Roi ſi vanté
Plus qu'au chant des neuf Sœurs, ton Immortalité.
Combien d'autres Laufelts ont confondu l'envie !
Mais cachons de ma honte au moins une partie.
Un ſpectacle plus doux arrête mes regards
Ciel ! Seroit-ce L o u i s dont les ſujets épars
Tombent percés de coups & mordant la pouſſiére !
Eſt-ce une illuſion? Quoi leur ardeur guerrière
N'a pû les garantir de l'horreur du trépas ?
Les Lys plier… mes yeux ne me trompez-vous pas?
Cependant Albion pouſſe des cris de joye,
Il eſt vrai je triomphe, & la France eſt ma proye.
Vantez moins de vos Rois les glorieux travaux,
François, & connoiſſez malgré vous des Rivaux !
Mais quel Aſtre ſoudain diſſipant ce nuage
A ſur mes défenſeurs fait retomber l'orage ?

Où fuir ? Où me cacher ? Je reconnois LOUIS
O Ciel ! à ses cotés je vois marcher son Fils !
Ah ! pour vaincre les miens & combler ma misére,
N'étoit-ce pas assez de la valeur du Pere ?
Et ce Fils si semblable à ce Pere Immortel
Vient-il rendre déja mon opprobre éternel ?
Cessez braves, amis, & mettez bas les armes
De la paix , s'il se peut , goutez longtems les char-
  mes,
Vos mains dans les combats me forgeroient des
  fers.
Bellone m'a trahie ; implorons les Enfers.
Dans la Ville de Metz les fiéres Euménides
Ont apprêté déja leurs poisons homicides ,
D'une effroyable nuit le monde enveloppé
Du sort de son Vainqueur tout entier occupé
Implore du Très-Haut la Majesté Suprême ,
Pour un Héros qu'il craint , pour un pere qu'il
  aime.
L'amour de ses Sujets l'emporte enfin sur moi ,
L'impitoyable Mort respecte ce Grand Roi ,
Des François renaissants la joye est infinie.
Tel après plusieurs jours d'une pluye ennemie
L'inquiet Laboureur , surpris à son réveil ,
Voit, admire , benit , & chante le Soleil.
 Essayons sur le Fils une peste plus sure ,

  Répandons sur ce Prince , une vapeur impure.
Vaine fureur hélas ! Attentats superflus !
Mon courroux impuissant fait briller ses vertus.
Son courage s'étend jusques à son Epouse ,
Elle brave mes feux & ma haine jalouse :
Ses mains, ses tendres mains conduites par l'Amour
M'arrachent son Epoux & le rendent au jour ;
Et je n'emporte enfin au lieu d'une vengeance
Qu'un désespoir cuisant & la triste assurance
Que parmi les BOURBONS le Séxe & la Beauté
Egalent ces Héros en magnanimité.
Le Ciel d'une Héroïne aussi chére à la France
Par des bienfaits sans nombre a payé la constance,
Et j'avouë en pleurant que ces dons étoient dûs
A son rare courage , à ses hautes vertus.
  Quoi ! trois nouveaux BOURBONS ! Cette Tige fé-
        conde
Doit-elle un jour donner des Rois à tout le Monde ?
Juste Ciel ! Je verrois cette Illustre Maison
Étendre son Empire aussi loin que son nom ?
Un reste de courage embrase encor mon ame,
Serrez filles d'Enfer le courroux qui m'enflamme
J'ai déja grace à vous, un Ennemi de moins.
Mais qui m'ôte le fruit de vos coupables soins ?
De ce Soleil éteint un autre prend sa place !
Tremble, Envie, à l'aspect du sort qui te menace

Minerve dédaignant l'image de Mentor,
Sous les traits de Marſan veille ſur ce tréſor :
Conduit par la Sageſſe, & Grand dès ſon aurore
Il allume déja le feu qui te dévore,
Déja ſes foibles mains te préparent des fers,
Il ne te reſte plus d'aſyle qu'aux Enfers,
Heureuſe, ſi ſa gloire, & celle de ſes Freres
N'y vient point augmenter ta honte & tes miſéres.
N'importe deſcendons dans ce ſéjour affreux
Et laiſſons, malgré nous, tout l'Univers heureux.

Ainſi parle l'Envie ; écumante de rage
Dans le ſein de la Terre, elle s'ouvre un paſſage
Et va dans le Ténare à des phantômes vains
Faire éprouver l'horreur qu'elle a pour les humains.

DAUPHINE, des BOURBONS, Mere, Epouſe
féconde,
C'eſt toi, qui de cette Hydre as délivré le monde ;
Nous craignons peu qu'elle oſe un jour ſe ranimer,
Trois Hercules nouveaux contre elle vont s'armer.

Par M. MICHEL DESESSARTS.

____

Lû & approuvé, ce 24 Novembre 1755, CREBILLON.